AF601161

COMÉDIE-FRANÇAISE

LE QUINZE JANVIER

A-PROPOS

POUR L'ANNIVERSAIRE DE LA NAISSANCE DE MOLIÈRE

PAR

HENRI DE BORNIER

PARIS
MASGANA, LIBRAIRE-ÉDITEUR
GALERIES DE L'ODÉON

1860

LE QUINZE JANVIER

A-propos en un acte, en vers

REPRÉSENTÉ AU THÉÂTRE-FRANÇAIS, LE 15 JANVIER 1860

COMÉDIE-FRANÇAISE

LE QUINZE JANVIER

A-PROPOS

POUR L'ANNIVERSAIRE DE LA NAISSANCE DE MOLIÈRE

PAR

HENRI DE BORNIER

PARIS
MASGANA, LIBRAIRE-ÉDITEUR
GALERIES DE L'ODÉON

1860

Feuilleton de l'*Ami de la Religion*

DU 17 JANVIER 1860.

Le Théâtre-Français a joué hier, — et le succès est toujours certain avec d'aussi excellents acteurs, — un prologue en l'honneur de Molière.

Comme il nous est impossible de nous critiquer nous-même, nous soumettrons à nos lecteurs ce petit ouvrage; ils y reconnaîtront, nous aimons à l'espérer, les principes que notre feuilleton défend, mis au théâtre dans la mesure du possible.

M. Beauvallet a joué, de la façon la plus remarquable, le rôle de Molière ; M. Metrème, fort distingué, dans le rôle du Poëte, Mlle Figeac, très-charmante, dans le rôle de l'Actrice, ont droit à toute notre reconnaissance.

Remercions surtout M. Ed. Thierry, l'intelligent et habile directeur de la Comédie-Française.

PERSONNAGES

MOLIÈRE.	MM. BEAUVALLET.
UN POÈTE.	MÉTRÈME.
UNE ACTRICE. . .	Mlle FIGEAC.

LE QUINZE JANVIER

A-propos pour l'anniversaire de la naissance de Molière.

Le théâtre représente une salle au Théâtre-Français.

SCÈNE PREMIÈRE.

L'ACTRICE, puis LE POËTE.

L'Actrice.

Quoi ! le quinze janvier se passerait ainsi
Au Théâtre-Français ! — Pas un poëte ici !
Pas un vers ! Un seul vers pour celui que l'on fête !
Je demande partout : un poëte ! un poëte !

Personne ne répond. L'un cause, l'autre rit,
Le temps passe. — Vraiment, c'est à perdre l'esprit...

(Entre un jeune homme, tenant un rouleau de papier à la main.)

Ah ! — J'en aperçois un.

(Elle va à lui.)

Ah ! cher monsieur, de grâce,
Par Phœbus Apollo, par vos mains que j'embrasse,
Une ode, s'il vous plaît ! Vous ne laisserez pas
D'infortunés acteurs en un tel embarras ;
— J'en conviens, la demande est un peu singulière ;
Mais il nous faut, ce soir, une ode pour Molière ;
Je la lirai moi-même, et de mon mieux.

Le Poète.

Comment !
Vous avez attendu, Madame, à ce moment ?

L'Actrice.

Eh ! non, certes ! Quelqu'un m'a manqué de parole,
Je ne sais plus pourquoi... Mais, Monsieur ,le temps vole!
Cette faveur serait......

Le Poète.

La faveur est pour moi,
Mais je n'ai rien de prêt.

L'Actrice.

Improvisez !

Le Poète.

Eh quoi,
Madame, ignorez-vous que c'est toute une affaire :
Improviser des vers?... C'est bien assez d'en faire...
— D'ailleurs, je ne saurais jamais de mon cerveau
Sur ce thème connu tirer rien de nouveau ;
Tout est dit sur Molière, et l'on ne peut prétendre
Pas plus à le grandir qu'à le faire descendre.
Notre siècle surtout se plaît de jour en jour
A l'entourer de plus de respect et d'amour ;
Nous semblons tous avoir notre part dans sa gloire :
En lui nous aimons l'homme autant que sa mémoire:
On dirait, tant pour lui notre hommage est fervent,
Que, comme son théâtre, il est resté vivant.
L'envie a devant lui fait taire ses couleuvres :
Cotin, s'il renaissait, commenterait ses œuvres,
Et, de sa gloire épris, vous n'en sauriez douter
Je ferais mille vers.... sans y rien ajouter !

L'Actrice.

Si l'on n'ajoute rien à ces gloires suprêmes,
La louange, du moins, nous est bonne à nous-mêmes :
Notre mauvais côté, c'est le rire moqueur,
Admirons quelquefois..... cela hausse le cœur !

Le Poète.

C'est vrai !

L'Actrice.

Vous allez donc faire une ode ?...

Le Poète.

Sur l'heure ?

L'Actrice

Le temps manque ; qui sait ? Elle sera meilleure !

Le Poète.

Madame, en vérité, je n'ai pas le talent
De me passer du temps. J'ai l'esprit assez lent,
Assez lourd...

L'Actrice.

En un mot, vous êtes insensible.

Le Poète.

Non ! Ce serait déjà fait, si c'était possible !

L'Actrice.

Je me résigne alors.

Le Poète.

Vous dites mal cela ;
Vous m'en voulez.

L'actrice.

Mais non ! — Que portez-vous donc là ?

Le Poète.

Du papier blanc.

L'Actrice.

Jadis blanc.

Le Poète.

Voici qu'on me raille !

L'Actrice.

Ce bloc enfariné ne me dit rien qui vaille.

(Elle saisit et ouvre le manuscrit.)

Manuscrit. — Comédie en cinq actes... en vers...

Le Poète.

Hélas! Que voulez-vous? On cache ses travers!

L'Actrice, avec une colère comique.

Mais, vous en conviendrez, l'audace est singulière.
D'apporter le soir même où l'on fête Molière,
Un manuscrit, en vers! En cinq actes encor!
— Quoi! vous ne craignez pas que de chaque décor.
De l'antre du souffleur, des combles, de la frise.
Il ne sorte soudain une voix qui vous dise :
« Arrête, téméraire! On ne s'occupe pas
« De vous autres, ce soir. Demain, tu reviendras! »

Le Poète.

Pitié !

L'Actrice.

Pas de pitié ! Songe au jour où nous sommes ;
Profane, laisse-nous célébrer nos grands hommes !
O Muses, que par vous, de sa témérité
Il reçoive le prix : il l'a trop mérité !
Et vous, Molière ! Vous, le juge ! Vous, le maître,
Devant cet insensé c'est à vous de paraître.
Venez, et d'un regard confondez son orgueil :
Qu'il se repente enfin d'avoir franchi ce seuil,
Que le remords tardif le perce comme un glaive,
Que chacun de ses vers contre lui se soulève ;
Épouvanté, qu'il sorte, et qu'il sente en chemin
Brûler son manuscrit dans sa coupable main !

(L'Actrice sort tragiquement.)

SCÈNE II.

Le Poète, seul.

Elle est folle, à coup sûr !... Pas si folle, peut-être
Que je serais confus, s'il était là, le maître !
Quel juge que celui dont le regard hautain
Est encore l'effroi des blêmes Trissotin !

— Sans être Trissotin, ni même Oronte, en somme,
Que je serais petit en face d'un tel homme.
— Ma pauvre comédie... est-elle bonne, au moins?
Que de doutes, hélas! qui suivent tant de soins!
D'où vient cette terreur devant l'œuvre accomplie?
L'ouvrier est plus fier quand sa tâche est remplie;
Quand les raisins sont mûrs, ils sont pourtant plus doux;
Si les miens étaient verts? J'en ai grand peur! — O vous
Qui maintenant, après la lutte, après la peine,
Dans l'immortalité triomphante et sereine,
O Molière! jugez nos travaux imparfaits...
Tenez-moi compte au moins des efforts que j'ai faits,
Et, quand je donnerai ma faiblesse en spectacle,
Considérez, non pas le succès, mais l'obstacle!
— Mais non... de ce côté j'ai l'esprit en repos :
Molière ne revient que dans les à-propos!
J'ai beau dire : le cœur me bat. Peur singulière...

(Entre Molière).

SCÈNE III.

LE POÈTE, MOLIÈRE.

Molière.

Ne vous dérangez pas, Monsieur; je suis Molière.
On me fête : je viens.

Le Poète.

Molière!

Molière.

Assurément.

Le Poète.

Mais ....

Molière.

Ne vous mettez pas en frais d'étonnement;
Je pensais, tant l'esprit humain fait des conquêtes,
Qu'on ne s'étonnait plus dans le siècle où vous êtes :
Cherchez.. .. vous ne verrez que merveilles partout;
Soyez de votre temps, Monsieur : croyez à tout.
Je suis Molière, allez!

Le Poète.

Je le croirais peut-être
Si vous parliez du moins le langage du maître.

Molière.

Oh! vous jugeriez mal sur cet indice seul,
J'ai les habits, mais non le style d'un aïeul;
J'aime le temps passé, sans en être idolâtre,
D'ailleurs, je viens souvent visiter mon théâtre,
Et de mes héritiers je suis tous les travaux;
Surtout, je m'intéresse aux ouvrages nouveaux :
J'applaudis le talent, les efforts, le courage...
— J'étais au comité quand on lut votre ouvrage.

Le mois dernier, je crois; et, si j'en puis juger,
Déjà vous n'êtes plus dans l'art un étranger.
J'ai noté quelques vers d'une bonne attitude,
De l'observation, du sens et de l'étude.

Le Poète.

Un tel éloge, à moi, de Molière venant!....

Molière, souriant.

Vous croyez que je suis Molière maintenant?

Le Poète.

Quoi! Loin de dédaigner une muse écolière,
De mon humble travail s'émeut le grand Molière?
Quoi! maître, vous daignez vous occuper souvent
De nos œuvres à tous!.....

Molière.

Pourquoi pas, mon enfant?
La vie a sa colère ou réelle ou factice,
L'âme en quittant le corps se revêt de justice:
On s'intéresse fort, croyez-le bien, là-bas,
A vos brillants essais, et même à vos débats:
Des drames, des romans, Ménage tient la liste,
Regnard est fantaisiste, et Faret réaliste;
Tous vos auteurs, du goût ne sont pas les fléaux,
Et trois ou quatre ont su désarmer Despréaux.

Le Poète, avec empressement.

Leurs noms, maître ?

Molière.

Cherchez... c'est dans le voisinage.

Le Poète.

Que nous devons donner de travail à Ménage !

Molière.

Il est vrai, mon ami; mais dans le nombre, enfin,
J'en sais qui, d'un pas sûr, suivent le bon chemin :
Quelques-uns, par exemple, ont flétri, non sans verve,
Cette fièvre de l'or dont l'honneur seul préserve ;
— Jadis, c'était un mal à peu près inconnu,
Avec lui, grâce à vous, le remède est venu.
Ce qui me semble encor neuf, consolant et sage,
C'est l'air dont quelques-uns traitent le mariage ;
Sur ce point, j'en conviens, je fus plus indiscret :
Si j'ai plaint Sganarelle, hélas ! c'est en secret ;
Je n'eus pour ses malheurs qu'une pitié narquoise,
Mais ma muse Française était aussi Gauloise.
Les maris maintenant sont des gens accomplis :
Si vous êtes moins gais, vous êtes plus polis.
C'est un heureux progrès auquel je dois souscrire :
Les maris, grâce à vous, ne prêtent plus à rire.

— De plus d'une façon, enfin, je suis content :
Plus d'un ouvrage vif, sérieux, éclatant,
D'éloges envers vous me défend d'être avare :
Vous avez un talent d'observation rare,
Vous reproduisez bien le tableau si divers
De votre temps, ses mœurs, ses vices, ses travers ;
Vous marchez hardiment hors de la vieille ornière,
Vous ne copiez pas. C'est la bonne manière.
La comédie en France, et j'ignore pourquoi,
Après moi, trop longtemps n'a copié que moi.
Si l'on redoute ainsi toute pratique neuve,
L'art n'est qu'une eau dormante, et l'art doit être un fleuve.
Vous ne m'imitez point, et vous faites fort bien ;
Votre temps n'est pas fait à l'image du mien :
Scapin vit, je le pense, ainsi que Mascarille,
Mais ils ne portent plus la même souquenille ;
Tartuffe n'est pas mort, il ment quand il le dit,
Seulement vous savez qu'il a plus d'un habit ;
Georges Dandin, beau-père, est moins facile à prendre,
Et coupe sans pitié les vivres à Clitandre ;
Monsieur Dimanche, fier, imposant, affranchi,
Berne Don Juan, avant de le mettre à Clichy ;
Monsieur Jourdain, gardant le nom dont on le nomme,
Après l'avoir choyé, fait fi du gentilhomme ;
Sottenville n'est plus si vain de ses aïeux,
Non, car il les oublie, et cela n'est pas mieux.

Mais le vrai gentilhomme, et le seul respectable,
Dans une oisiveté pesante et lamentable
Ne s'endort plus : il est fier de gagner son pain;
Pauvre, il se fait soldat, laboureur, écrivain.
Tout dans ce siècle, enfin, s'émeut, se renouvelle,
La société change, et l'art change avec elle.
Vos jeunes écrivains savent bien tout cela,
Et de l'art élevé se rapprochent par là ;
Je leur répète donc ce qu'une voix hardie
Me dit à mes débuts : C'est de la comédie!

Le Poète.

Dans nos œuvres, ainsi, Molière approuve tout?
Je n'osais pas le croire...

Molière.

Oh ! non, j'ai meilleur goût.
Sans parler des romans et des œuvres frivoles,
Amas incohérent d'inutiles paroles,
Trop d'auteurs, de vos jours, exercent leurs talents
Sur des sujets fâcheux, tristes et désolants;
Thalie a, certe, horreur des allures gourmées,
Mais s'arrête devant les portes mal famées,
Morbleu ! Tout n'est pas bon à montrer en public :
Toujours la courtisane et son hideux trafic,
Qui se vend et qui hait, qu'on paie et qu'on bafoue !
Célimène tombant du salon dans la boue !

— On va criant bien haut : c'est la nature ! Eh ! non.
La nature est discrète, on usurpe son nom ;
C'est par le beau côté qu'elle montre les choses,
Elle n'étale pas le fumier, mais les roses.
Je sais bien que l'on dit encor : c'est amusant.
— Les singuliers plaisirs qu'on se donne à présent !
S'il faut, pour m'amuser, ce qui fait peur ou honte,
J'aime mieux m'ennuyer : qu'on me ramène Oronte !

Le Poète.

Prenez garde ! On fait tant de sonnets aujourd'hui.

Molière.

L'art a le beau pour but et le vrai pour appui,
Et toute poésie, ou noble ou familière,
Doit être la raison à l'état de lumière.

Le Poète.

Hélas ! Maître, qui donc oserait se flatter
D'atteindre à ces hauteurs ?.....

Molière.

Il faut toujours tenter.
Oui, travaille, jeune homme, et pâlis à l'ouvrage ;
Tu t'égares, reviens ; tu succombes, courage !
Le chemin est obscur ; n'as-tu pas le flambeau ?
L'obstacle est grand ; tant mieux ! Lutte, rien n'est plus beau !

Mais une force oisive, une tête inféconde,
Un jeune arbre sans fruit, rien n'est plus triste au monde!

Le Poète.

Maître, de votre voix quel est donc le pouvoir ?
Aux craintes, dans mon âme, a succédé l'espoir ;
Le but est si brillant qu'il éclaire la route!

Molière.

Oh! pas d'illusions! Tu souffriras sans doute ;
Vivant, quand de la gloire on touche les sommets,
Ce n'est pas le repos qu'on y trouve jamais !
Moi-même, il m'en souvient ! Quelle était ma souffrance
Quand j'avais bravement travaillé pour la France,
Quand j'avais diverti le public et le roi,
De trouver le bonheur exilé de chez moi !
Après l'ovation et les enthousiasmes,
Chez moi me poursuivaient les pamphlets, les sarcasmes,
Tous les chagrins amers que mon cœur dévorait,
Et personne au logis..... excepté Laforêt!
— Mais je t'attriste, enfant ; mon dessein est tout autre;
Va! c'est un grand destin, malgré tout, que le nôtre!
De haines poursuivis, d'embûches entourés,
Nous avons des bonheurs du vulgaire ignorés :
J'ai souffert, t'ai-je dit; mais, en quittant la terre,
Du devoir accompli j'avais la joie austère :

Et, dans un jour plus pur quand je rouvris les yeux,
J'aperçus, m'attendant, mes maîtres, mes aïeux,
Je vis Aristophane et Plaute me sourire,
Ménandre me dit : Frère ! — Ami ! me dit Shakspeare.
— Ainsi, travaille et lutte enfant ! Sache le bien,
Il vient toujours une heure où le reste n'est rien.
Adieu ! Que mon esprit t'éclaire et t'environne ;
Mérite maintenant ta première couronne,
N'épargne pas ta peine, et tu seras vainqueur
D'un courage nouveau si j'ai rempli ton cœur,
Je suis content, mon fils, et ma tâche est finie...
— Et l'on sonne, je crois, pour la cérémonie.

DU MÊME AUTEUR

LES PREMIÈRES FEUILLES, poésies (2e édition).

LE MONDE RENVERSÉ, comédie en vers.

DANTE ET BÉATRIX, drame en 5 actes, en vers.

LA MUSE DE CORNEILLE, à-propos, en vers.

LA MUSE DE RACINE, à-propos, en vers.

LA GUERRE D'ORIENT, poëme mentionné au concours de l'Académie Française, de 1857.

LA SŒUR DE CHARITÉ, poeme mentionné par l'Académie Française, au concours de 1858.

Paris. — DE SOYE et BOUCHET, imprimeurs, 2, place du Panthéon.

www.ingramcontent.com/pod-product-compliance
Ingram Content Group UK Ltd.
Pitfield, Milton Keynes, MK11 3LW, UK
UKHW020526180726
13839UKWH00005B/2333